IDEARIO

Vivencias Conceptuadas

MARINO BAEZ

2019

LA FLORIDA
ESTADOS UNIDOS
Mayo 2019

IDEARIO/Marino E. Báez Vásquez
Autor: Báez Vásquez, Marino E.
Orlando, Florida, USA
No. de páginas 155
Tamaño del libro 6 x 9
ISBN: 9798692001634
Títulos publicados: "La Tapa"
Libro creado en tres formatos:
Impreso, Digital y Audio.
Ventas online:
Lulu, Amazon, Barnes & Noble
Books a million, Indie Bound

Coordinador Editorial:
Marino E. Báez Vásquez
Diseño de Portada:
Stalin Rafael Núñez
Corrección de Estilo:
Lic. Juan Amadís Rodríguez
Creado y diseñador por:
Baute Production Publisher
bauteproduction.webs.com
Teléfono: (813) 693-8879
Email: authors@usa.com
Tampa, Florida, USA. 2019.

Consideraciones de autores invitados:

Le sugiero a todos escoger y leer estos trozos de luces, llenos de sabidurías y con ellos formar un ejército de fe que le declare la guerra a la ignorancia y al pesimismo; escrito en un lenguaje llano sencillo y profundo, donde se da a entender que hay una perfecta armonía entre el corazón del autor y lo escrito. ¡En Hora Buena!

Félix Octavio Frías (Escritor)
Boston, Massachusetts

Ideario es un instrumento ideal para inculcar valores y actitudes positivas en los lectores, especialmente en la juventud y en las personas que hayan sufrido alguna decepción en el trajinar de la vida. Ideario es una voz de alerta conduciendo hacia lo correcto, y advierte sobre las barreras y trampas que nos presentan ciertos comportamientos sociales para hacernos caer en el peligro moral de la existencia humana. Sin lugar a duda, este debe ser un texto de utilidad en los centros educativos y una guía para los padres de familias.

Agustín Cruz Paulino (Periodista)
Methuen, Massachusetts

En un mundo donde se vive tan a prisa, IDEARIO de Marino Báez, es una pausa obligada para reflexionar en lo más importante: el sentido de la vida.

Pastor Esteban Rodríguez
Kissimmee, Florida

Ideario, Vivencias Conceptuadas es un libro de reflexiones y pensamientos de una manera amena, especial y a veces rítmica, para enseñarnos como actuar y vivir. Existen grandes mensajes en cortos pensamientos y frases, como las que nos comparte Marino Báez. Muy buena obra para aprender y meditar. Felicito a mi hermano Marino por su narrativa y la obra que acaba de publicar.

Milco Baute (Escritor y Editor)
Tampa, Florida

Índice

A
Mis incansables y honorables progenitores:
Crecencia (Chencha) Vásquez Rodríguez y
Luis Báez Cáceres,
Por ser enaltecedores arquetipos
de dignidad, humildad y trabajo.

Agradecimientos

No basta con expresar lo que sentimos sin antes tomar en cuenta las consideraciones de una tercera persona y agradecer a aquellos que desinteresadamente se involucraron en este delicado, pero afortunado proyecto literario, pensado como un valioso aporte a la literatura que sirve de marco referencial para el aprendizaje y el cambio sicosocial.

Agradezco primero a Dios por bendecirme la vida, guiarme a lo largo de mi existencia, ser el apoyo y fortaleza en los momentos difíciles y de debilidad y darme luz para dirigir mis pasos por el camino correcto.

A mi esposa y a mis hijos, Maximina Ventura, Jostin y Joesmil Báez Ventura, tres luces que encienden mi vida.

A Juan Luciano Amadís Rodríguez, principal promotor de nuestro sueño, por confiar y creer en nuestras expectativas y por los consejos, valores y principios que nos ha inculcado para emprender el tortuoso camino de la literatura.

A Agustín Cruz Paulino, por creer y hacer suya esta iniciativa, cuando algunos entendían que era muy tarde para empezar. Gracias a él hoy lo hacemos viable para romper algunas zonas erróneas de la mente humana.

Al pastor, Esteban Rodríguez, pensador, mensajero de Dios y hacedor de bondades, el cual ha servido como referente de opinión, sin dudar de nuestra humilde capacidad intelectual.

A Félix Octavio Frías, por disponer parte de su tiempo para ayudarme a construir este rompecabezas, el cual ayudará a romper muchas barreras, formando parte de este trozo literario para la superación personal.

A Milco Baute, publicista-creativo, por disponer de su tiempo para lograr los objetivos al final del diseño, diagramación y disponibilidad de este Ideario.

Marino Báez
Autor de Ideario

Prólogo

Después de admirar el rotundo éxito de su libro *La Tapa*, el escritor Marino Báez no sorprende con su nueva obra: *Ideario*; y nos otorga, nueva vez, el honor de exponer algunas reflexiones sobre el tema básico de su contenido.

Al igual que Marino, otros autores se han preocupado por entregarle al lector, textos en los cuales se han propuesto: señalar sendas correctas para transitar con éxitos en la vida (*El arte de la prudencia*, Baltasar Gracián y Morales), indicar profundas reflexiones éticas (*El criterio*, Jaime Balmes) identificar observaciones sobre la vida y la conducta humana (*El Principito*, Antoine de Saint Exupéry), infundir energía y entusiasmo para descollar en la vida (*El vendedor más grande del mundo*, Augustine "Og" Mandino II), entender el fundamento para una nueva humanidad (El libro del ego, liberarse de la ilusión Osho) en fin, se trata de una lista extensa de escritores que convirtieron la abstracción, el entusiasmo, la búsqueda del éxito… en el centro fundamental de su literatura.

La estela dejada por esos artistas de la pluma es retomada en el texto Ideario por su autor, el notable líder de opinión, periodista y locutor profesional Marino Báez; con el sano objetivo de que sus cavilaciones se conviertan en experiencias beneficiosas por sus lectores, en el atendido que muchas veces la sabiduría estriba en aprender de los éxitos y las derrotas de otros seres humanos y de nosotros mismos.

El libro que usted tiene en sus manos es el conjunto de las abstracciones filosóficas y de la vida diaria de una persona que supo acometer la realidad de un nacimiento exento de bienes materiales, llenarse de entusiasmo y lograr ascender a la cima del éxito en la vida; por lo que *Ideario* no se escribió solo con las experiencias ajenas, no, en absoluto; también y fundamentalmente con las propias vivencias del autor.

El mundo necesita libros como Ideario porque su lectura amena nos ayudará a forjarnos un criterio armonioso sobre nosotros, la vida y el entorno.

Gracias Marino, por entregarnos tu *Ideario*.

Juan Luciano Amadís Rodríguez
(Marzo 1, 2019)

Introducción

Ideario es la forma de encontrarnos nueva vez con su autor, Marino Báez, destacado articulista y líder de opinión en los medios de comunicación; y así poder continuar nuestro dialogo con él.

Ideario es un texto apacible de ágil lectura, en el cual, su autor expone ideas claras, precisas y que siempre contienen una enseñanza, como cuando nos dice: "La vida no se vive de vanidades, hay otros que necesitan lo que tú no usas y lo tiene en existencia" (Texto XI, Vanidad y necesidad).

Esta obra escrita para no permitir directrices éticas en la vida aparece en un lenguaje llano y comprensible, a fin de hacerla dúctil para todo público, veamos este ejemplo: "Trata de ser humilde, haciendo todo a tu estilo y no pierda con sigilo la solidaridad, porque es de tu comportamiento que dependerá si logras la felicidad" (XII, Amistad y solidaridad)

Todo, en la obra Ideario está subordinado, a conectar con el ritmo de vida de los lectores y lectoras, las doctrinas expuestas pretenden convertirse en principios cardinales que ayuden a regir nuestras vidas, herramientas útiles, tal y como lo expone su autor, cuando en el texto XXIII, Grandeza humana, nos dice:

"Asume tus compromisos, aunque sea bajo sacrificio y no permita que otro te santifique con su desdicha".

Ideario no apuesta a la cantidad, más bien, es una obra animada por la calidad; de ahí que la organización y presentación de los párrafos busca alentar su interés por la lectura, el vicio santo como la llamo, José Martí.
Es el mismo autor que sobre la lectura nos dice que la lectura es el principio básico para el aprendizaje.

A leer se aprende leyendo,
A escribir se aprende escribiendo,
A hablar se aprende hablando correctamente.

Juan Luciano Amadís Rodríguez
(Marzo 1, 2019)

I
Profunda reflexión

La VIDA me ha enseñado que la pobreza es para los pobres y la riqueza para los ricos. La VIDA es el reducto de lo que eres al momento de nacer y dependerá del color futurista con que la vean tus progenitores. La VIDA es como el futuro, si te trazas las metas para vivirla acorde con tus necesidades, es posible que llegue a la posteridad. No te amilanes, porque la VIDA no te haya dado los resultados esperados para vivir en consonancia con la comodidad. La VIDA, todo tiene su día, pero también tiene su hora, siempre que la vista sea dirigida hacia el futuro con decisiones tomadas para progresar. La VIDA está llena de tropiezos, pero si levanta los pies airosamente y analizas porqué tropiezas constantemente, finalmente saldrá virtuoso. Recuerda, el mundo nunca ha sido para todo el mundo, en la VIDA, Dios le tiene su espacio disponible a cada ser humano para que se acomode a su manera. En la VIDA, hay puertas que se abren de par en par, para que puedas entrar con amplitud y sin tropiezos, pero si te llevas el mundo por delante, cuando quieras salir se convierten en puertas estrechas. La VIDA es como los trotamundos que salpican a todo aquel que se encuentran por delante, pero al regresar se los encuentran en el camino. A veces usamos la VIDA con egoísmo, pero la vida nos usa y nos devuelve con creses las virtudes de la insensatez. La VIDA, tiene ojos para mirar y analizar al que te admira y reconoce tus méritos al margen de la criticidad. La VIDA tiene olfato para rechazar los olores nauseabundos y degustar el olor que perfuma la divinidad hasta llegar a lo sublime.

La VIDA tiene oídos para escuchar, no para oír, porque el que escucha, analiza y saca conclusiones, mientras el que oye surge como el Ave Fénix y el mensaje le pasa sin saber que pasó. La VIDA tiene boca, con la que podemos disfrutar los sabores y expresarnos a través de lo que nos dicte el pensamiento, sin convertirnos en uno más de aquellos que ocupan un lugar en el espacio. La VIDA tiene brazos para que abraces, puedas dirigir los alimentos; y lo más importante, para que los uses en tu propio desarrollo sustentable. La VIDA tiene órganos genitales con los que puedes poner en marcha tus necesidades cotidianas y crear lo más subliminal de la tierra: la familia, sin desbordes y actos que afecten tu propia vida. La VIDA tiene un intestino grueso y un intestino delgado, el grueso digiere los alimentos, hasta sacarle el jugo alimenticio, mientras el delgado se encarga de lanzar a la basura todo lo que te hace daño. La VIDA tiene piernas para que conjuntamente con los pies te desplaces a tu entorno y puedas hacer de tu propia vida un ente de desarrollo sostenible. Sed virtuoso, preserva la VIDA y vívela sin dificultades, convertido en un labrador al servicio de aquellos que distinguen los olores, miran, escuchan, hablan y caminan, pero al final del túnel no tienen vida.

II
La nada

Nada me atormenta. Nada me obnubila. Nada me hace entender que todo es mentira. Nada me hace aceptar que soy un muerto que sobrevive a las adversidades. Nada me hace pensar que, para subsistir, a veces, hay que ser infeliz. Nada persiste para siempre cuando es maligno, porque el viento se lleva todo lo que hace daño. Nada ensombrece mi alma, todo es producto de que mi corazón está limpio. Nada, ni siquiera lo más enfermizo corrompe mis principios medulares, nada, absolutamente nada, me convertirá en víctima de una sanción, por haber cometido hechos inalienables. Nada, ni nadie, influirán en mis principios para que tome la iniciativa de nadar en el charco de la incongruencia. Nada me hace entender que no soy nada, porque Dios no hace porquería. Nada me trastorna el cerebro, porque soy un enfermo de sabiduría que escribe lo que piensa y piensa lo que siente. Nada me preocupa, nada victimiza mis sentidos, soy el reducto de lo irreductible. Nada permite que lo podrido corrompa mis actitudes con críticas que cultivan las confusiones, porque "soy como el sándalo, que perfuma el hacha del leñador que lo hiere" (*Rabindranath Tagore*). Nada me hace cómplice de aquellos que se enriquecen a costa del proletariado. Nada, ni el más horondo mercader, podrás hacerme variar mis aspiraciones de vivir acorde con la realidad de mis antepasados. Nada ni nadie me sacará de la mente que lo inadmisible no debe persistir ante lo admisible.

24

Nada se hará eco de lo que no sabes, porque en definitiva la vida es como el mundo que da vuelta a la redonda y sin esperarlo se encuentra con la felicidad.

III
Lo primordial

No viva por vivir, el que vive y no sabe que vive, no vive y aunque viva, no vive, porque su estado de ánimo no tiene vida. No hable por hablar, el que habla y no sabe lo que habla, no habla y si habla, habla cosas inoportunas que no están en el léxico de los que hablan. No pienses por pensar, el que piensa y no sabe que lo que piensa, no piensa y si piensa no sabe lo que piensa y lo que piensa se queda en el redil de los que no piensan. No huelas por oler, el que huele y no tiene olfato, no sabes lo que huele, porque no respira, ni transpira el néctar de lo divino. No mires lo que no te corresponde mirar, el que mira y no sabe lo que mira, no mira y si mira, a final de cuenta descubre que no ha visto nada. No camines por caminar, a veces caminamos, rodamos y es cuando nos damos cuenta que caminamos, por tanto, no caminamos y si camina su entorno se torna resbaladizo. No respire por respirar, el que respira y no sabe lo que aspira, olfativamente no sabes lo que respira, no define el olor y el gusto del sabor, por tanto, lo que respira da náuseas insolubles. No te muevas por moverte, el que se mueve mucho se le bota el caldo y se descuida termina en el pantano.

IV
Ambición

Y pensar que la vida se va. Y pensar que los años también. Y pensar que todo se queda en simples vanidades. Y pensar que, a final de cuenta, todo el que amasa fortuna, casi nunca puede disfrutarla. Y pensar que el único legado que le dejan a sus hijos, nietos y biznietos es la traición a la patria. Y pensar que el que mucho abarca, poco aprieta; y en definitiva, el que se apodera de lo que no es suyo termina embarrado por la sociedad, aunque la justicia lo apoye. Y pensar que lo mal habido se lo lleva el río.

V
Gratitud al Altísimo

Gracias Dios... Gracias por darme la dicha de vivir. Gracias a mis padres porque existo. Gracias a la vida que me ha dado la dicha de convivir al lado de aquellos que existen, pero no saben que si no existieran fueran improductivos. Gracias, porque con el transcurrir del tiempo me he dado cuenta que nacimos para ser el producto de aquellos que existen, pero están muertos, muertos de conciencia. Gracias por existir y ser la balanza del movimiento hiperactivo de aquellos que oyen, pero no escuchan, se mueven, pero no vibran sus emociones a la hora tomar decisiones consensuadas. Gracias por existir, porque si no existieran, me faltarían los movimientos en mi boca y no podría parafrasear estás humildes palabras, salidas de un vibrante corazón que muchas veces apresura sus latidos, que a veces se detiene y luego se estabiliza para combatir la desesperación. Gracias porque existo, como una balanza que a veces se desliza, pero finalmente vuelve y se estabiliza para surcar el camino correcto y tomar decisiones concretas, sabias y sin tapujos. Gracias a Dios porque existo para ser alguien y dar lo mejor de lo poco que me queda.

VI
Experiencia

El interés es razonable cuando cabalgamos en lo subjetivo. Pensar con subjetividad alude al punto de vista del sujeto y se constituye en la diferenciación entre la unidad de los individuos y el bienestar que se remite a la experiencia, que a partir de cierta relación con los bienes se manifiesta en los entornos sociales, es decir, la forma en cómo se concretiza para evaluar el comportamiento de los individuos que muchas veces se manejan con subjetividad en el accionar, lo que dimensiona su reducida relación con la experiencia y la valoración que el sujeto hace de la misma.

VII
Inteligencia emocional

La cabeza que no piensa nunca podrá digerir las ideas. Al que no piensa e hilvana las ideas, generalmente, le llaman "cabeza hueca", eso no quiere decir que una persona en particular carece de géneros pensantes, porque hasta del menos educado se adquieren conocimientos, aun sin un sentido definido de las palabras que pronuncies, por tanto, la inteligencia nunca dependerá del grado de estudios de las personas, sino de su inteligencia emocional.

VIII
Predicar y practicar

No prediques con palabras lo que no puedes cumplir con los hechos. La moral de los individuos está muy relacionada con la verdad, claro, depende del cumplimiento de las promesas con los hechos, no con las palabras, porque las palabras, a veces, se las lleva el viento, lo que significa que, para actuar con seriedad ante las demás personas, es preciso garantizar las pruebas como si fueran estudios de laboratorio, donde se descubre la enfermedad y el tipo de sangre.

IX
Exceso de poder

Abusar del poder es mancillar la dignidad del Estado. El uso y abuso van de la mano y traen implicaciones excesivas, impropias de lo justo que se debe hacer en el dominio del poder que se tiene para mandar, o en su defecto, ejecutar la acción estatal con autoridad. El poder no es poder cuando se ejerce obligando al subordinado a hacer cosas que están por encima de sus posibilidades o bajo amenazas de las tareas que deben ser ejecutadas a través de las leyes.

X
La fuerza del espíritu

No hay despertar feliz si no tienes fuerzas para levantarte. La fuerza invade de espíritu motivador al corazón; y ese espíritu se refuerza cada día, después que tenemos hijos y los vemos crecer, eso nos da fuerza para levantarnos, claro, depende también de la responsabilidad que pongamos como padres, porque a veces procreamos y los alimentamos de comida, pero no le alimentamos el cerebro con lo más importante, la educación.

XI
Vanidad y necesidad

Somos adictos al derroche, producto a las imitaciones y la envidia, con el argumento de querer hacer lo que hacen otros...eso no está mal, siempre que sea para bien y se contribuya a superar los mitos del positivismo y el fortalecimiento de la mejora continua. Por ejemplo... ¿Para qué tener en el closet decenas de pantalones? ...el cuerpo solo resiste uno... ¿Para qué tantas camisas, poloshers, teashers?...solo necesitas uno para cubrirte el pecho, la espalda y los brazos... ¿Por qué comprar en exceso tenis y zapatos?...solo tiene dos pies, no puedes usar más de un par de cada uno, claro, cuando el momento lo amerite. La vida no se vive de vanidades, hay otros que necesitan lo que tú no usas y lo tiene en existencia. A veces compramos vestimentas, carros de lujos, entre otras vanidades, pero no tomamos en cuenta que hay otras cosas más interesantes, por ejemplo, alimentar el alma dándole la mano al caído.

XII
Amistad solidaria

Anoche me acosté pensando y no lo podía creer que para estar tranquilo hay que ver el anochecer, hay que verlo con entrega y con mucho positivismo, como aquel que está en el abismo, sin esperar nada a cambio, no importa si hay intercambio y te quieran hacer maldad, lo que importa en el momento es tener felicidad. La felicidad se adquiere con humildad, entrega y trabajo, pero sino cultivas amigos, te vuelve un escarabajo, te vuelve un escarabajo que desfigura el camino y coarta con estilo y toda similitud, felicidad que te llega y que ansía tener; y que, por su mal comportamiento no la puede sostener. Trata de ser humilde, haciendo todo a tu estilo y no pierda con sigilo la solidaridad, porque es de tu comportamiento que dependerá si logras la felicidad.

XIII
Entérate también

Hoy me di cuenta, que para triunfar hay que levantar los pies después de tropezar. Me di cuenta, que las metas no se logran sin planificación. Me di cuenta, que de nada vale tener todo el dinero del mundo sino tenemos amor hacia los demás. Me di cuenta, que amasar fortuna no tiene sentido, si en el ocaso de nuestras vidas no podemos disfrutarla. Me di cuenta, que el amor hacia uno mismo debe ser el principal motivo para vivir. Me di cuenta, que debemos dar sin recibir nada a cambio o esperar que no los agradezcan. Me di cuenta, que la mejor forma de actuar para lograr la salvación es la meditación. Me di cuenta, que al 99.9% no les interesan tus problemas, porque no pueden resolver los suyos. Me di cuenta, que en horas de peligro no hay ateos, por tanto, debemos contar siempre con el poder omnipotente de Dios. Me di cuenta, que la comida sólo tiene valor en los supermercados, luego se convierte en desechos. Me di cuenta, que si ponemos este mensaje en práctica se nos hace más llevadera la vida.

XIV
Supremo Hacedor

Es la ley de la vida, en el mundo existe de todo, hasta el bien y el mal, sin embargo, quien hace el bien sin mirar a quien es envidiado por quienes promueven la maldad. No temas, para contrarrestar el mal encomiéndate a Dios, único hacedor de todas las cosas, sonríele a la vida, la sonrisa es el caldo de cultivo para salvar el alma y combatir la maldad. La vida es como una pasarela, en su juventud toda es agradable para tus seguidores y compartes, pero al llegar la pubertad se convierte en monótona y rozagante, porque todo se olvida, vive en tu mundo, no en el mundo de los demás, el reconocimiento te lo darás Dios, único salvador y conocedor de tus hechos.

XV
Alfa y Omega

No hay principio sin fin. No hay amor sin dolor. No hay vida sin temor. No hay verdad sin mentiras. No hay felicidad sin lágrimas. No hay triunfo sin envidia. No hay dignidad sin menosprecio. Hay padres para hijos. No hay hijos para padres. No hay pobreza sin destreza. No hay países sin convulsiones. No hay partidos sin oportunistas. No hay Estado sin oligarquía. No hay gobierno sin corrupción. No hay justicia sin impunidad. No hay sabiduría sin diatribas. No hay guerras sin acuerdos. El mundo se estila, sin estilos que lo conlleven a variar la forma y el fondo del inoperante sistema que sin menoscabo destruye la vida, debido a la imposición del sistema. Lo esencial de por sí, no es valerse del otro, sino darse valor así mismo.

XVI
Leer y escribir

La lectura es el principio básico para el aprendizaje. A leer se aprende leyendo, a escribir se aprende escribiendo, a hablar se aprende hablando correctamente. Si no leo me ABURRO, gánale la batalla al analfabetismo. La práctica constante es de hecho el fundamento del aprendizaje, siempre que pongamos dedicación, confianza y esmero para desarrollarnos.

XVII
Aprovecha el tiempo

Como pasa el tiempo, pasa la vida, se queda el dinero, las propiedades, la familia, los amigos; al final todo se queda en manos de un tercero. El tiempo vale diamante no lo desperdicies en cosas improductivas. Tu futuro depende ti mismo. Sigue el camino del éxito sin doblegarte ante las personas que sólo piensan en el momento.

XVIII
The Truth (La Verdad)

La ignorancia no salva al mundo, la mentira se descubre, la envidia otorga cargos, la maldad tiene su respuesta. La verdad, es la verdad, nuestra verdad, no es ficción, es la estampa que nos identifica.

XIX
Sublimidad

La belleza no radica en lo físico, lo físico es solo un complemento, en cambio, la sencillez y la humildad se desprenden del motor que refuerza el movimiento del cuerpo humano, el corazón, lo que identifica tu actitud y tu mente. La actitud es más efectiva cuando educamos el corazón para despertar la grandeza. De qué te vale exhibir las caderas para llamar la atención si con el paso de los años se te arrugan los glúteos. ¿Para qué tanta belleza si no tiene sustancia gris en la cabeza?

XX
Piénsalo y reflexiona

Antes de hacerle daño a otro ser humano, piénsalo. Los dañinos no tienen sentimientos nobles en la vida. Antes de envidiar los bienes ajenos, piénsalo. La envidia mortifica. Antes de ignorar a tu vecino, piénsalo. La ignorancia corrompe el sentimiento. Antes de querer pisar a todo el que encuentras en el camino, piénsalo. Ya que lo puedes necesitar a tu regreso. Antes de criticar lo que hace tu amigo, piénsalo. Haz tú algo productivo. Antes de imaginar que todo el mundo es malo, piénsalo. Hazte una radiografía. Antes de confundir al otro, sin considerar sus aportes a la humanidad, piénsalo. Trata de aportar algo. Antes de inspirarte con lo malo que hace el otro. Piénsalo. Busca la forma de agregar valor a las cosas buenas. Antes de envidiar y apoderarte de lo que no te pertenece, piénsalo. Dios está en el cielo y te lo tomarás en cuenta. Antes de hurgar en la basura para sostenerte. Piénsalo. El trabajo productivo dignifica. Antes de embarcarte en asuntos con caracteres ocultos, inspirado en la maldad. Piénsalo. Los hombres egoístas no llegan al reino de los cielos. Antes de tronar, envilecido por la maldad, piénsalo. La maldad surte efectos múltiples. Antes de abortar, piénsalo. Una vida nueva germina felicidad. Antes de suponer que el otro está por debajo de tí, quizás porque es pobre, piénsalo. Ser pobre no es un delito cuando se vive con dignidad y principios. Piénsalo, reflexiona, detente que la ignorancia es la enemiga por excelencia de la esperanza.

XXI
Conglomerado de oportunistas

A pesar de ser yo, me metieron al partido, aún con mucho sigilo y sin pedirme permiso, dando muestra de cinismo y haciéndome creer que al llegar al poder la crisis de los partidos iba a desaparecer. A pesar de ser yo, todos votan en mi contra, no se apiadan ni resumen, carcomen con rezongo hasta dejar los huesos petrificado en la sombra con ímpetu deshonesto, dejando huellas inmorales y faltándole a todo el respeto. A pesar de ser yo, el papá del hijo pródigo, todos se ensañan conmigo, como aquella retahíla de mansos y cimarrones que destilan su espíritu ante todo el que se asoma con mirada insensible y la sinrazón que le brota del corazón. Si, a pesar de ser yo, el que le dio agua de beber, alimentos para comer, medicina para sanarse y un puesto en el congreso, se endiosa y posa ante los humildes, arrogante y prepotente, cogiéndose lo que no suyo diciendo ante todo mundo "soy serio" con mucho orgullo. A pesar de ser yo, su pensar me causa risas, al verlo como se burla del que no sabe robar, es porque piensa que todo el mundo es igual, pero no se le dio el plan, porque en el Reino de Dios hay personas honestas, con carácter de familia, que le pesan los talones, por eso cuando ven dinero no se llenan de emociones. A pesar de ser yo, me lo dijo mi compadre en un encuentro de trago, lo dijo con desparpajo, no se lleve de la gente que con cualquier cosa lo engañan, le sonríen y hasta lo cargan para que no se confunda y después que dan la espalda, se olvidan de las promesas y si usted le reclama, si te he visto no me acuerdo, dicen, con voz que retumba. A pesar de ser yo, lo digo con disimulo, no hay político alguno que te diga la verdad y exprese sinceridad cuando cavila en campaña, siempre su mente se empaña y se llena de mentira, porque cuando el aspira a un cargo en el gobierno, por serio que sea, siempre termina principado de abolengos, casi nunca sensibles, que te llevan al engaño y confunden con mentiras. A pesar de ser yo, estoy claro y no lo dudo, cuando me hablan de política actuó con disimulo y pienso que en definitiva los partidos políticos son un conglomerado de oportunistas que confunden con disimulo.

XXII
La grandeza humana

Los grandes hombres escriben lo que sienten, lo que piensan, lo que saben y lo que investigan, en cambio, los imbéciles e incompetentes, como no piensan, no tienen la capacidad intelectual para escribir lo que sienten. Asume tus compromisos, aunque sea bajo sacrificio y no permita que otro te santifique con su desdicha.

XXIII
La llegada de la aurora

Me amanece el día como me amanece la vida, llena de optimismo, siempre pensando en el cambio para la mejora continua. Me amanece con el corazón en movimiento. Me amanece con las ideas vivas, presente, audaces, listas para superar todas las barreras. Me amanece con la frente en alto, extendiendo la vista como un rayo láser que dirige su luz para encontrar el éxito en la cima. Me amanece, olfateo el triunfo que me rodea y me dice "HOY es el mejor día de todos los días"; porque HOY, lo que importa es el HOY.

XXIV
We advance together (Avanzamos juntos)

Avancemos juntos como avanzan las ovejas hacia el corral dejando rastros de buenas compañeras para enfrentar a quienes atentan contra las leyes y el poder público a base de complicidad y tráfico de influencia. Avancemos juntos como los feligreses se congregan en las iglesias para rendirle culto a Dios. Es de la única manera que podemos enfrentar a aquellos faltos de órganos sensitivos que no nos gobiernan con actitud positiva y por el bien común. Avancemos en grupo, no individuales, el individualismo demuestra que solo existe tú, por tanto, otros no tienen derecho a formar parte de la sociedad. Avancemos con positivismo, provocando cambios para sumar, no para dividir o restar. Avancemos en camadas como marchamos en las caravanas para promover a los desconocidos que a veces nos ofrecen lo inconcebible, aunque tengan la sartén por el mango y el mango también. Avancemos juntos para deshacernos de lo inevitable, de lo que no suma, de lo que se aprovechan de las pertenencias de los incultos, inocentes, hambrientos y carentes de educación. Avancemos juntos por la mejora continua y el desarrollo sostenible. No basta rezar para lograr los objetivos que buscamos, sino proyectamos con argumentos sustantivos las estrategias para alcanzar con ahínco lo que tenemos definido para el futuro. Avancemos juntos para superar el letargo de los afligidos, aquellos que se desvanecen escuchando discursos de menor cuantía y al final del túnel no reciben las respuestas que andan buscando para satisfacer sus sentidas necesidades. Avancemos juntos para romper las barreras que han construido algunos analfabetos funcionales, haciendo creer que son bondadosos promoviendo el oportunismo. Avancemos juntos con honestidad, no con egoísmo, desasosiego y conveniencia. Avancemos juntos promoviendo la moral, los valores y las buenas costumbres, con sinergia, entendiendo que de nada vale amasar fortuna para al final de la vida no poder disfrutarla. Avancemos juntos por la estabilidad de los países que son víctima de los victimarios y consortes de la política y los políticos. Avancemos juntos para cambiar el discurso que nos venden organizaciones religiosas en las iglesias, el cual cambian en las calles y nos venden como animales, tras convertirse en cómplices de aquellos que han hecho fortuna a costa del narcotráfico y la corrupción administrativa. Avancemos juntos para cambiar la forma y el fondo de lo que se desfonda porque no tiene fondo.

XXV
Marca humildad

Somos una marca, aunque no seamos un producto, esa marca tiene un registro denominado humildad. Esa marca nace de las simientes perpetua del corazón y dependerá de lo cauto que se muestre, porque un corazón duro difícilmente se humedezca al momento de tomar decisiones. Esa marca se enaltece cuando fijamos la vista en atención para demostrar que somos honestos y expresamos los vastos sentimientos a una tercera persona, de ahí es que se define la sinceridad. Esa marca surte efecto cuando hacemos nuestro el pesar rudimentario que nace del sentimentalismo humano y que por falta de muchas cosas se derrama en lágrimas. Esa marca se ensambla y se modifica cuando buscamos el desarrollo continuo y los conocimientos que nacen de las ideas y los compartimos de forma desinteresada. Somos una marca que no altera el producto, una marca que garantiza su distribución sin caer en la competencia desleal, porque para el ser humano no debe haber competencia, al menos que ore para marcar la diferencia. Somos una marca que cuando define las cualidades del producto no modifica sus bondades para promover falsas expectativas, que a final de cuenta ponen a temblar la balanza. Somos una marca generadora de sueños reales, una marca, que según la demanda del producto, así mismo, distribuye sus conocimientos para favorecer al cliente. Somos una marca que marca la diferencia entre lo leal y lo absurdo, lo honesto y lo deshonesto, lo trivial y lo fundamental, lo singular y lo plural, y lo fluyente con lo influyente. En definitiva, somos una marca que se expande y gira en un mundo donde tienen espacio todos aquellos que conviven con responsabilidad social.

XXVI
I'm not interested (No estoy interesado)

No me interesa, por el momento, agenciarme el derecho de desagradarte por una causa que no ha cometido, mucho menos, convertirme en el agente acusador de un hecho desconocido. No me interesa para nada, volver a verte con tu cara de nostalgia, dando a entender que la felicidad se ausentó de ti. No me interesa volver a ser lo que fui antes de nacer, porque desconocía lo que conozco hoy en día. No me interesa para nada, conocer las actitudes de aquellos que se arriman sin arritmia ante los demás con ímpetu oportunista y buscando hacerse los inocentes. No me interesa, ni tengo la más mínima intención de conocer lo desconocido y cavilar en la sin sentido de los inocentes y precavidos. No me interesa, dije, porque tú eres el significado de lo impropio e incapaz, cuando se trata de ser solidario. No me interesa tener la suerte de soñar despierto haciendo creer que estoy durmiendo cuando estoy claro que lo que busco es engañarte. No me interesa olvidarme del que no piensa, siente ni padece, este es el gendarme del que nace y no sabe que existe, porque no aporta nada a un tercero. Me interesa, es lo que busco y no encuentro, aunque lo tengo a mi alrededor, sin embargo, tenerlo a mi lado es un asunto de honor.

XXVII
Igualdad

En el diario vivir hay detalles importantes, que desconocemos: solidaridad y humildad, puntos que no invisten a un alto porcentaje de las personas. Igualdad, es de lo carecen todos los países del mundo, principalmente, por la falta de equidad. Este maltrato decadente contrasta con un modelo que data de tiempos inmemoriales, no surten efectos para distribuir la riqueza con equilibrio. No te sorprendas si durante el curso de tu vida eres abordado por alguien desconocido y no te deja su nombre. Es posible que necesites de ti y se avergüence de expresarte su admiración y sentimientos. Dile quién eres y exprésale confianza. La virtud de ser victorioso se logra siendo positivo, auténtico, sincero, íntegro, honorable y leal con las personas que están a tu alrededor y te dispensan respeto y confianza. Poniendo en práctica lo que predicas son mayores tus objetivos. La inteligencia es de sabios no de oportunistas.

XXVIII
Logros y metas

Las puertas están abiertas, no permitas que se cierren, porque se te hará difícil volverlas abrir. El tiempo, la distancia y el futuro son parecidos, pero están separados de los argumentos que nos depara la vida. El temor a lo divino nos cubre de oscuridad, si actuamos con positivismo llegamos a la meta. Vivir la vida es una meta. Conservar la vida, lo es también. Sacarle provecho a la vida es otra meta. Poner en práctica lo que aprendemos de la vida es otra meta. Aprender a aprender es otra meta. Enseñar lo que aprendemos de la vida, también es una meta. En la vida nunca terminamos de trazarnos metas. Lo importante es planificarnos para lograrlas. Cada fracaso me acerca más a la meta para poner en marcha actividades concretas.

XIX
She's my mother (Ella es mi madre)

Parece que fue ayer, pero hacen veinte años que te vi postrada en la cama y me pediste la mano sin ningún tipo de engaño. Parece que fue ayer cuando yo te vi partir, se me hizo, y todavía es muy difícil poder olvidarme ti. Parece que fue ayer, sin embargo, todavía te llevo en mi mente, porque fuiste mi inspiración, mi futuro y mi presente. Parece que fue ayer, pero hacen 58 años que tú a mí me lo decías, preocúpate por estudiar para que sea alguien en la vida. Parece que fue ayer el día en que me dejaste, dando tu final respiro con mis manos en tu cara como aquella mujer humilde que después de trabajar ha perdido la batalla. Parece que fue ayer que te fuiste de mi lado, pensaste que me dejaste, mamá, pero yo sigo contigo, alimentando el cerebro de todo lo que me inculcaste cuando yo fui tu delirio. Yo sé que fui tu delirio igual que todos tus hijos y no dejo de pensar que allá en el cielo tú estás pensando sin descansar. Ella fue una mujer de grandes rasgos, muchos valores morales y digna de admiración, por eso no me arrepiento de admirarla con respeto y mucha satisfacción. La mejor mujer del mundo es una madre digna, responsable, entregada y que da siempre la cara cuando se trata de sus hijos o cualquier necesidad, hoy todo es diferente, nadie es para nadie y cada quien busca lo suyo, pensando siempre en el yo, diciendo de voz en cuello ese no lo parí yo. Fuiste la madre perfecta y lo digo con orgullo, trata de proteger la tuya y dale mucho cariño que después que se te va, a tu lado sólo queda la inspiración de haber tenido una madre digna y llevarla en el corazón. Ella es mi Madre (EPD).

XXX
No dejo de vivir

Yo no dejo de vivir si algún día tú te fueras y te olvide de que existo; yo no dejo vivir. Yo no dejo de existir, aunque te vaya a la cima y tenga una doble vida, yo no dejo de vivir. Yo no dejo de vivir, aunque te vaya para siempre queriendo hacerme creer que eres una mujer con talones y muy decente, yo no dejo de vivir. Yo no dejo de vivir aún en la soledad; quédate con tu maldad y no venga a pedir perdón porque el que perdona es Dios. Yo viviré sin ti y al lado del que me quiera, porque un amor como el tuyo no merece mis quereres. Yo no dejo de vivir, te lo digo con orgullo; vete donde te parezca y olvídate de mí que un amor como el tuyo no es de mi satisfacción. Hoy he dejado de quererte, aunque me rompa el corazón. Yo no dejo de vivir, porque te entregue a otro hombre, vive tu vida, yo quiero vivir la mía, aunque nunca me perdone. Después que yo te deje, pues me siento muy tranquilo, no merezco tu tormento, ni que me complique la vida, por eso cambié de opinión, vete donde te venga en ganas y no busque mi perdón.

XXXI
He's my father (Él es mi padre)

Me lo dijo mi papá, un buen día en el conuco, nunca te resista al cambio pa' que no te quede bruto. Don Luís Báez estaba claro, aunque no sabía de letra, él siempre me lo decía, aprender para el mañana siempre debe ser la meta. No divulgues lo que ves sino lo sabes completo, porque es de la única manera que puedes sacarle provecho y en el futuro inmediato llevar el mensaje perfecto. Aprende de los que saben, me decía Papabi, nunca te olvides de Luis, te lo pido de consejo, que en el marco de la vida aprender es lo primero. Aprender es lo primero, insistía al labrar la tierra, con el machete en la mano, dejándome como ejemplo que el trabajo dignifica y sirve como sustento para todo ser humano. El viejo siempre me llevaba de la mano a la parcela, junto con mis dos hermanos, a los tres nos mostraba sus manos, dejándonos como ejemplo que poner a producir la tierra es el mejor legado para el sustento. Después del ciclón David, un día en la playa de río Yuna, me encontré a Luis por fortuna cuando amolaba un colín, ¿dígame que piensas hacer? Le pregunté sin desmayo, al tiempo de responder, me voy a hacer un conuco pa' producir de comer. Con la debacle de Yuna a consecuencia del ciclón David, todo el que vivía allí, en el paraje Los Pedregones, debió abandonar la zona porque lo habían perdido todo, se fue Tola, se fue Polo y hasta Don Lelo se fue, a la finca de Don Pepe quedaron en el medio el mundo como aquellos humildes seres que no sienten ni padecen. Mi viejo siempre mostró ciertos rasgos de optimismo ante todos los problemas, trabajó sin desmayar, pensando que en el mañana debemos de progresar. Él siempre me lo decía: "aunque tú te esté muriendo y no pueda caminar, cumple con tu deber que en el medio del camino alguien cavilará contigo hasta lograr tu objetivo, aunque llegue anochecer. Papabi sabía más que yo cuando me daba un consejo con mucha sabiduría "no te quejes", me decía, con la mano en la cabeza que si te lleva de mí y me toma la palabra no te va a arrepentir. Mi papá fue un consejero que solía hacer el bien y estaba en contra del mal, Papabi un anfitrión que me enseñó a trabajar para mi superación. Él es mi padre (EPD).

XXXII
Esquema de amor

Parece que se te olvidó las veces que me decía estando conmigo en la cama lo mucho que me quería. Insistía con tus palabras, tú eres el único hombre que me hace sentir mujer y si me quedo contigo sé que voy a enloquecer. Rompí todos los esquemas cuando me Junté contigo, no había madre, no había hijos para cambiar de opinión, me enzarzaron la mente y a otro hombre le entregué mi corazón. Es un esquema de amor lo que tengo aquí en mi vida que me rompe los sentidos y me toca el corazón cuando me encuentro contigo. A pesar de estar casada, con dos hijas y un marido, no pierdo la convicción de que eres el único hombre que me rompe el corazón. Cuando estábamos en la cama, a ti yo te lo decías, con palabras y lo sentía, tú me haces sentir mujer, por eso yo te quería. Te amaba a ti con ternura; y era mi convicción, por eso es que hoy mi vida es un esquema de amor. Sí, es un esquema de amor como un barco a la deriva, que navega en un jardín, donde el pensamiento fluye y sigo pensando en ti, sin dejar de expresarte que sigo loca por ti. Tu eres es el único hombre que me hace sentir mujer, lo digo de voz en cuello, aunque me afecte el pudor, porque después de ti, mi vida, es un esquema de amor.

XXXIII
Mecánica del optimismo

Hoy me paré frente al espejo y descubrí un rostro encanecido, demacrado, sudoroso, reflejado en un marco teórico conceptual de mis antepasados, sigo siendo optimista, no permito que el aumento de los años influya en mi juventud, porque el optimismo, la humildad y la inteligencia son principios sin e qua non para mantenerme como el primer día de mi vida. La juventud no depende de los años. La juventud no depende de las canas, depende de la forma en que llevemos la vida. Somos como la ruleta, damos vueltas y si no ganamos nos resistimos. Cuando se pierde debemos volver a empezar. La juventud se conserva sin importar la edad, todo depende de tu estatus de vida con los demás. Cuando las válvulas del corazón responden con celeridad logramos objetivos con honestidad. "La juventud termina cuando se acaba la esperanza", principio optimista del escritor José Ingenieros.

Palabras claves:

Alma (XIV / Supremo Hacedor)
Analfabetismo (XVI / Leer y escribir)
Amigos (XVII / Aprovecha el tiempo)
Aprendizaje (XVI / Leer y escribir)
Avanzar (XXIV / We advance together)
Belleza (XIX / Sublimidad)
Cambio (XXXI / He's my father)
Capacidad (XXII / Grandeza humana)
Cinismo (XXI / Conglomerado de oportunistas)
Confianza (XXVII / Igualdad)
Compromiso (XXII / Grandeza humana)
Dios (V / Gratitud al Altísimo)
Dignidad (IX / Exceso de poder)
Espíritu (X / La fuera del espíritu)
Estudiar (XIX / She's my mother)
Éxito (XXIII / La llegada de la aurora)
Experiencia (VI / Experiencia)
Familia (I / Profunda reflexión)
Felicidad (XII / Amistad y solidaridad)
Fin (XV / Alfa y Omega)
Fuerza (X / La fuera del espíritu)
Futuro (XXVIII / Logros y metas)
Grandeza (XIX / Sublimidad)
Humildad (XII / Amistad y solidaridad)
Ideas (VII / Inteligencia emocional)
Ignorancia (XVIII / The Truth)
Interés (XXVI / I'm not interested)

Perfil del Autor

Marino E. Báez Vásquez. Nació en Los Pedregones, cuando era un paraje de la sección de La Salvia, (hoy parte integral del distrito municipal La Salvia-Los Quemados), Bonao, provincia Monseñor Nouel, República Dominicana; el 7 de abril de 1961, hijo de los incansables, pero honorables padres, Crecencia (Chencha) Vásquez Rodríguez y Luis Báez Cáceres, de cuya unión nacieron también: Eugenia (Geña), Roselio (Moreno), Feliciana (Ciana), Paula, Basilia (Chila), Antonio (Papi) y Silvia Báez Vásquez.

Luego de su travesía por una sala de parto del Hospital Pedro Emilio de Marchena, en la ciudad de Bonao, con un peso de once libras, Marino E. Báez Vásquez, fue trasladado por sus padres al hogar donde se desarrolló físicamente, en la casa marcada con el número 236, ubicada en el Paraje Los Pedregones, una estructura humilde y a la vez de estilo contemporánea, porque fue construida en la década comprendida entre los años 1940 y 1949; con cuartones de pino centenario, tabla de palma, ventanas y puertas de madera, además de piso de cemento. En la cocina había un fogón fabricado en barro, el cual era pintado de tierra blanca y en el zaguán, un granero donde se almacenaba parte del arroz que se consumía mientras llegaba la próxima cosecha, el que debíamos majar en un pilón antiguo todas las noches para consumir al día siguiente.

Tras cumplir los ocho años, fue preciso inscribirlo en un centro educativo particular, donde se alfabetizó, porque la escuela de la comunidad no lo permitía debido a su corta edad. Cursó parte de sus estudios básicos en la escuela primara rural La Salvia, hasta el cuarto curso y luego continuó sus estudios primarios y secundarios en la escuela Pedro Antonio Bobea, hasta el 8vo. grado y en el Liceo Dr. Elías Rodríguez, donde cursó el bachillerato.

Es líder de opinión, Licenciado en Comunicación Social, egresado de la Universidad Dominicana O&M, Postgrado en Relaciones Públicas, egresado de la Universidad Católica Santo Domingo, RD. Maestría de Especialización en Responsabilidad Social Corporativa, Manejo de Conflictos y Comunicación Empresarial, egresado de la Pontificia Universidad Católica del Perú, Diplomatura en Marketing, egresado de la Pontificia Universidad Católica Madre y Maestra (PUCMM), Diplomatura en Periodismo y Medio Ambiente, egresado de la Universidad Autónoma de Santo Domingo (UASD), es además Locutor Profesional, egresado del Instituto Internacional de Artes y Ciencias Cinematográficas.

Durante más de treinta años, ha desarrollado su trabajo profesional en las áreas del Periodismo, las Relaciones Públicas y la Locución, además de labores comunicativas en medios radiales, televisivos, escritos y empresariales.

Marino Báez fue reconocido especialmente tanto por las máximas autoridades senatoriales del Estado de Rhode Island y Providence Plantations, así como por la gobernadora Gina R. Raimondo, en mayo 1, 2018; en ocasión de la puesta en circulación de su libro La Tapa en el Teatro Ocas.

Ha laborado como redactor informativo en los Periódicos Listín Diario y El Siglo (este último desaparecido) y actualmente es columnista de opinión de almomento.net. y Américas News en español.

Fue Director de Prensa en el Departamento de Relaciones Públicas de la Universidad INTEC, Gerente de Relaciones Públicas y Responsabilidad Social en Corporación Minera Dominicana (CORMIDOM), Mina Cerro Maimón y Director de Relaciones Públicas del Consejo para el Desarrollo de Monseñor Nouel, además de Asesor y Consultor de empresas e instituciones sin fines de lucros.

Su compañera de hogar es la señora Maximina Ventura (Marcia), con quien ha procreado dos niños, Jostin Luis y Joesmil Báez Ventura.

Como profesional de la Comunicación, las Relaciones Públicas y la Responsabilidad Social, considero que el activo más importante del ser humano son sus valores.

<u>Link Ebook (Enlace del Libro Digital)</u>

https://docdro.id/69lIVvZ